故宮ジェネレーション

鈴木貴雄

The Old Palace
Generation
SUZUKI Takao

文芸社

目次

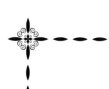

第一話

33回転のイントロ

1

アイツから来た最後のメッセージを読んで、それから二〇分。その間、ずっと自室のベッドでうつぶせになり塞ぎ込んでいた。二時間くらい経ったような感覚。

泣いていたわけではない。ただ、自分の側に過ちがあったのかどうか、考えを巡らせていただけ。

時計を確認して、ほっとしたような、がっかりしたような。

それは高校から帰宅し、温めた紅茶を少し飲んだ頃――。スマホの待ち受け画面に、くだんのメッセージがポップアップで浮かんだ。

――さようなら〈20分前。カズヤさんから〉

＊

学年末テストも、残すところあと一日。一緒に下校する学友とのトークもそこそこに、あとはわたしの個人的な趣味の時間。通学路をやや逸れてUSEDCDショップへ向かう。

それまで、隅のほうにちょこっとだけ設けられていたアナログレコードのコーナー。昨今の嬉しい再ブームで、大幅に数が増えた。クラシックやジャズ、ロック、アーリーテクノ。変わったところでは、英会話学習用ドラマ。

ヴァイナル盤にハズレなしというのが、わたしのスローガン。初めてアナログで古典音楽を聴いて以来、しばらくCD音源を聞こうとは思えなくなったほど。

叔父がレコードコレクションを見せてくれたとき、取り寄せたプレーヤーの予備を譲ってくれた。持ち帰ってすぐ、自室でワクワクしながら回転する盤の上にレコード針を落とす。小さなノイズとともに、サックスの調べが流れる。まるで、タイム・スリップしたかのよう。深く厚みのある音。プレミアムな時間。

出費を削って毎月のおこづかいを貯め、シアトル系カフェでアルバイトも始めた。当然、大好きなレコードを一枚でも多くゲットするため。

専門店を探して廻るのは、レコード好きにとって大きな楽しみのうちのひとつだ。わたしの住む所から渋谷までは電車で一時間と少し。レコードファンの集う場所として知られるお茶の水までなら四〇分くらい。

春休みになったら、レア盤探しにたっぷり時間が取れそう。

＊

六〇年代のジャズ盤を取り出してかけたくなった。ジェラルミン仕様のレコードボックスから取り出す。初心者の頃、地元のリサイクルショップで見つけた盤。叔父の話では、〝掘り出しもの〟とのこと。

ひょっとしたら、目利きの才能があるのかもしれない。流石はわたし……なんて、浮かれちゃった。

スイッチオン。うやうやしく回転するターンテーブル。アームを持ち上げ、そっと外周へ下ろす。

ホワイトノイズにすら、心躍る。ストリングスが、ナンバーの出だしに軽快なあいさつ。我が家は一戸建てとは言え、住宅密集地なのでボリュームは控えめに。やわらかい音《かなで》。ベッドのへりへ寄り掛かり、顔をひざの間にうずめる。傷心が徐々に温かい血液で癒される。

誰かに、この心地好い時間について喋りたい。でも、誰かって、ダレだろう……。ママ？　お父さん？　叔父さん？　数哉《カズヤ》くん……？

そうだ。英語のテスト範囲の訳文を、数哉に聞いてみるつもりでいたんだ。それから、欲しかったロック盤、貸してくれるって約束。今日、クラスメートから言われた相談も、それとなく意見を聞いてみたり……。

いつの間にか気分が軽くなり、スマホを取り上げたそのとき、大事なことが立ち塞がっていたのを思い出す。

「数哉とは、さよならしたんだ……」

2

レコードを楽しむのもそこそこに、明日に備えて勉強。英訳。明日はテスト最終日。今日までの数学、化学がボロボロだったので、挽回せねば。そんなわけで、成績は低空飛行中。進級して二学年に上がったら、真の実力を見せる。担任教師にはそう宣言し、なんとかここまでこぎつけた。こんなときに恋愛に振り回され、パフォーマンス低下なんてイヤ。

でも、すべてはわたしの身から出た錆。自力でリカバリーせねば、明日は来ない。それに、今、落ち込んでいると、アナログ盤鑑賞にも雑念が入る。わたしは確固たる自我に立脚した、賢い趣味人でいたい。

英単語を整理していると、一階から母の声。

「のんちゃん、夕飯よ」

「はーい。今行く」

のんちゃんとは、わたしを呼ぶときの愛称。わたしの名前は矢坂《やさか》ノエル。私立高校一年生。共学の普通科に通い、今も地元の友だちとも時々交流する。

数哉は、中学時代には気にも留めていなかった男子。登校時に電車で頻繁に顔を合わせるようになった。話を聞くと、高校の場所が近いということが分かった。

もちろん、声を掛けてきたのは向こうから。わたしは引っ込み思案な女子で、小、中学校どちらも、目立たず過ごしてきた。だから、進学して世界が大きく開けたところに、レコードという共通項と出会い、いっぺんで有頂天。

それなのに、数哉と気持ちが離れることが、こんなに重く感じるとは……。

3

「今日はＴＶ、つけていないのね」

「だって、見たら夢中になっちゃう」

夕飯での、母とわたしの会話。出張が多いお父さんは今日も留守。母は、趣味で弾くピアノを、あちこちの小さな発表会で披露する。

両親ともに、若い頃はレコードを楽しんでいた音楽好き。母の聴いていた盤は、例の叔父さんが預かっている。

例えば、音楽が聴こえてくるとする。そのとき、すべからく、それがそこで奏でられるべきものなのだ。従って、ＣＤを元とするのか、レコードか、それともＴＶかラジオか、あるいは生演奏か——。

「テスト期間中は、お皿はいいわ」

「平気よ。わたしが洗う」

〝聴く人間が指定して決められるものではない。

音楽の神様の言う通りに流れる〟

以上が、母のウケウリ。つまり、わたしが求めていた通りの音楽が聴きたい場合、レコードが必要であるから、わたしはアナログ盤ファンになった。

思し召しのまま出会うは心地よいナンバーの数々。そう思えば、普段の生活にも身が入る。

4

あくる日、試験期間は終了した。結果は神のみぞ知る……だが、来週の返却期間にはつまびらかになるだろう。それまでの間は、羽を伸ばしたい。

ホームルームも終わり、クラスは散会。友人たちとの会話。テストの話題は、お互いNGというのが暗黙の了解。

「もう一学年終わっちゃうんだ」

「速かったね」

学年の始まりのときは、緊張して、おっかなびっくりで。相手と話すのも不安半分だった。打ち解けて、やっと仲間という雰囲気で盛り上がる時節に、学年が上がり、クラス替え。悲しいかな。勉学が本分たる学生という身分。その替わり、校内で離ればなれになっても、時々、カフェ、カラオケの約束をする。

そうそう、〝健康黒酢ソムリエ〟の異名をとるわたしは、今年も春から始まるリフレッシュブームを前に、銘柄相談の引き合いが来ている。

わたしのレコードファンとしての姿は、彼女たちにはまだカミングアウトしていない。決して、隠し通そうとしているのではない。好きな音楽の話で盛り上がるのはいつものこと。ただ、流行ポップスを聴くときは、スマホから再生している。だからと言うか、裏を返せば、切り出すタイミングを失って今に至る。

「のん、そろそろ帰ろう」
「バスちょうど来るね」

もともと、女子高生がクラスメートとする会話と言えば、テンプレート準拠がセオリー。取りこぼさず、マンネリを避け、互いに触れてほしくない過去や、踏み入れられたくない領域など、あるのが当たり前。先ずアウトラインをひく。それに基づいてバランス良くテリトリーを分割。そつのないようダイアローグを調整する。努めて明るく、前向きに。
マニアックな趣味を打ち明けると、即刻叩き出される、と言うことではない。タイミングや導入部、表現次第。内面ではしっかり自分の世界を確保しつつ、なお表層でトークに付加価値を増設できる、格好のツールに化ける潜在能力を秘めている。そして、落とし穴も待ちうけている。

「のん……ちょっと」

「あれ、稲本くんじゃない？」

校門の先。バス停との間の歩道に、立ち塞がる男子生徒。それは、稲本数哉。

トークのセオリーについて説明の最中だった。会話中に、立ち入るとかなり厳しくなる、いわゆる「地雷」についてだ。こと、恋愛に関する会話には、慎重に慎重を重ねた配慮が必要となる。

それだけではない。カレシの行動管理も、クラスだけでなく、学校、家庭に於て、周囲を混乱させてしまう状況を作ることは避けなければならない。校外の男子生徒に、学校の領域で待ち伏せされるなど、以ての外。

数哉は、ＬＰ盤のジャケットを掲げ、学友が取り囲むわたしへ向かって、こう呼び掛けた。

「貸してやる約束だったよな。ブートレッグだぜ？」

第二話

休暇は維也納《ウィーン》で

1

火曜日は図書館で自習。木曜、アルバイトのシフト。そして土曜日にウィンドー・ショッピング。もちろん、お目当てはアナログレコードの音源探し。

春休みの予定を書き込んだスケジュールアプリ。航路確認。順風満帆で二学年への進級。わたしは一〇月生まれ。なので、一六歳で高校二年生というヤマ場へ突入する。

学友といっぱい遊んで、おいしいものをたくさん食べて、歌いまくって……っと、今からこんな夢語りばかりでは、あとで苦しくなるかも。勉強も忘れないように頑張る……予定なのだ。

進学先の目標は決まっていない、今のところは。

東京A大学、私立S大学とか……わたしの級友たちは、おしなべてアバウトな進路設定。薬剤師、ＣＡや教職課程など、既に絞り込んでいる子は少数派。

わたしは、スポーツも得意じゃないし、どうしても都内の大学に通いたいということもない。ただ、津々浦々を気ままに旅してみたいという願望がある。以前、進路担当教師に、「卒業後は自動車教習所への進路を希望します」と申し出たことがある。わたしは小突かれつつ、こう言われた。

「合宿免許でもなんでも、好きな学校で取れ。ただし、ちゃんとした進路が決まってからな」

「自衛隊に入って大型取るから、良いですよーっだ」

一七になったら、わたしはどうなるのだろう。どうもなりはしないかもしれない。でも、その中から見える世界は、今ここにいる世の中とは、変わっているように思う。

この高校を選んだのは、通学路線の駅が近かったのと、学力相応という二点。さまざまな好条件が重なり、入試は突破できた。いかんせん、皆、成績優秀な生徒ばかり。おかげで、赤点脱出に四苦八苦するという、中堅進学校でありがちな罠にハマった。

予想外に勉学が忙しくなった。同時に、七転八倒しつつ進級はクリアできたことが要因した、中だるみとエネルギーの蓄積。一七歳になったとき、これらの要素が、わたしの心のスキマに巣喰う。

急場となるのは確実。今のうちに楽しめることは遊び尽くそう。せめてもの逃避だけが、そこにできる足場となる。

＊

この日は、母の手伝いで各部屋の掃除。

夕刻前の一服。さっそく、ミュージックスタート。叔父さんのコレクションから借りたバッハ。ジャケットはヨーロッパの風景。そっと盤を取り出し、プレーヤーへ掛ける。針を落とす。音楽が鳴るまでの緊張感。廻ってるレコードの縁を、理由なく思わず凝視。臨場感溢れる、アナログの録音。呼吸まで合わせた、オーケストラの各パート。

落ちこぼれの憂鬱も、迫りくる闇も、忘れてしまった。

2

三月の最後の週末。午前中だけあったアルバイトのシフトからあがり、最寄り駅から帰宅途中。小学校の校庭の側道で、七分咲きの桜並木。行き掛けと違って、ゆっくりできる。

ソメイヨシノが天空へ、大地の季節を伝える。BGMを掛けるなら、どれにしよう。ヴィヴァルディ？　雅楽？　サクソフォーンとピアノのスーパーノヴァと洒落込もうかしら。

スマートフォンで、蕾《つぼみ》が開こうとしている枝を撮影。一年間走り抜けるエネルギーを、目一杯吸収。

並木を眺めていて、時間が経つのも忘れる。校庭では、クラブ活動中の児童がサッカーボールを追いかけている。

春爛漫の時間。束の間《つかま》の休憩。風が勢いよく駆け抜け、ちらほらと花弁が散った。太陽からの優しい光と土埃が混じり合う。


ここ二週間ほどの撮影分、整理し頃か。

帰宅して、ふと思い出す。

級友と、家族と、高校の正門で撮り合ったり、帰宅中の駅、買い食い中……これはマズいな。制服姿を母に撮ってもらったり。ＬＰジャケットと、黒酢キューブ……友人がレタッチしたコラージュも。

検索の手が止まった。それは、数哉と一緒にいるときのものだった。ファストフード店でポーズをとった、わたしひとりの写真。

アイツの考えや行動は、わたしにはまったく理解できない。でも、一緒にいたり喋ったりすると、そんな無理解が嘘のように楽しくなる。でも、そんな中ですら、自分としては本当にこれで良いのかどうか。心の半分で葛藤。そんなアンビバレンスな感覚。

それが麻痺したのか、それとも忍耐が切れてヤケクソになったのか。わたしがわたしでいられる空間を、アイツにどんどん奪われてゆく。

だが、悔しいという感情そのものが、そもそも自分の撒いた種であるというのが世の常。アイツに心を掻き乱され、わたしはひとりでいるときでも、時々冷静でいられない。そんなの本当のわたしじゃない。床と天井をひっくりかえされた気分。わたしの中の整列されたカタマリに、アイツがブレイクショットしやがった。

3

「もう会わない約束のはずじゃなかった？　昨日の話では」

「友だち同士として付き合っていこう、という意味だよ、わからなかった？」

友だち？　それなら、学校の通学路で待っていたりしないでほしい。「クラスメートと帰るから今日はゴメン」と言って数哉から立ち去り、バス停へ向かおうとした。それを引き留める、わたしの級友。

「のん、待ちなよ」

「昔のレコード？　初めて見たかも」

わたしに数哉からアナログ盤を受け取るよう促したのは、その場に居合わせた級友「さりなちゃん」こと、天竜さりな。あとで聴いたところでは、彼女の家族もレコード好きであるとのこと。盤を不思議そうに眺めてたのは「蒔末《まきみ》ちゃん」こと、長岡蒔未。彼女にとってアナログ盤は未知の世界。ちなみに、蒔未の歌唱力は群を抜く。彼女たちのとりなしで、その場はことなきを得る。

わたしが盤を受領したことで、数哉は満足し、踵を返して去って行った。わたしはしばらく不機嫌でいたため、わたしの親友たちはそれとなくフォローしてくれているのが分かった。そしてその帰り道、三人でレコード店へ立ち寄ることで、話はまとまる。

無数のジャケットで見られる面白さや、店内の独特なBGM、彼女たちは感心すること頻《しき》りの様子。

「兄貴が欲しがってたのと同じ」

「のんってば、楽しみ独り占めしてたぁ」

かくして、わたしのレコード好きがつまびらかになった。

内心ドキドキの中で、インプレッションが良かったのが幸いした。加えて、学年末という開放感と、木《こ》の芽《め》どきが醸《かも》す内なる世界への関心が、アンティークと絶妙にマッチ。

彼女たちもどこかで、まだ見ぬ世界を探していたのかもしれない。とり立ててアナログ盤が目的ということでもない。見つけられるのを待っている存在が、それぞれにどこかで待っているとしたら……ある種類の縁《えん》に、女の子の好奇心はくすぐられる。

4

写真の整理も、ようやく終わり。

この日は父が出張から帰る。自慢げに箱から出すのは、今回の仕事先だったブラジル土産の置物——木彫りの極楽鳥。漁師町まで足を伸ばし、現地のお祭りを見学したとのこと。ムービーを見せてもらうと、その熱気が伝わる。闇夜に踊り子がびっしり円で連なり、民族音楽に合わせて動く。コンガとボンゴ、それにアカペラがＢＧＭ。地球の裏側で発展した、独特のリズムとグルーヴ。思わず引き込まれる。

「これが、サンバ？　お父さん」

「祭りでしか見られないやつだよ。伝統的な旋律だな」

久々に夕飯を家族で済ませ、自室に戻る。珍しい音楽を聴いたことで、わたしのレコードコレクションをよく観察したくなった。一枚いちまいめくって眺める。と言っても、コレクションと呼べるレベルには全然達していない。ただ、ジャストタイムでプレーヤーに掛けられるという、わたしにとっては貴重なナンバーたちだ。枚数はこれからどんどん増やしたい。クラシックは、バッハ、モーツアルト、シューベルト……。ジャズは六〇年代のライブ、スタジオ即興、声楽と合わせたものもある。ロックは……こうして見ると、種類はそれなりにオールジャンルに広げたつもり。

ただ、学生であり、アルバイトもあるわたしの生活スタイルでは、視聴時間がどうしても小分けになってしまう。でも、そんな理由でわたしのレコード熱は冷めない。

春休み中に、あともう一枚コレクションに加えたいな。南米音楽というのは、面白そうなジャンルだわ。国内で手に入るアナログ盤、あるだろうか。……さりなちゃんに相談したら、ご両親に聞いてくれるかもしれない。

数哉のブートレッグには、まだ針を落としていない。デリケートな乙女心に、バス停前での出来事は、今も許せていないから。もちろん、その盤自体にはとても興味がある。それから、あのことで数哉に特段強い反発心を抱いている、というわけではない。

でも、わたしの自室でプレーヤーに掛ける音楽というのは、本当に貴重なものだけというケジメのようなルールが、自分の中で存在する。それはきっと、わたしのアイデンティティと呼べる領域なのかもしれない。

実を言うと、あの後も時折、数哉と連絡を取っている。些細なことだけだし、わたしのほうから長い文章を送らない、と誰に言っているのかわからない言い訳をしながら。

数哉のことに関しては、本人がどうと言うより、わたしの内心の混乱こそが主な要素。

そんな折、ふとスマホを見ると、新しいメッセージ。

――春休み中に、一度ふたりで会えないか？〈5分前。カズヤさんから〉

第三話
私たちのアリア

1

駅前の広場で待ち合わせ。わたしの姿を見つけると、数哉は手を上げて「やあ」と一言。そして微笑むわたしへ、歯を見せ笑った。

春休みもおしまいに近い四月初旬。暖かい風が吹き込む。

わたしの今日のコーディネートは、白地のブラウスに暖色系のざっくりニット。ボトムスはデニム。トップスを羽織ったものか悩んだ末、薄手のジャケットで済ませた。

喉を潤そうという話になり、先ずはカフェを目指す。

土曜日の午前中ながら、わたしたちのような高校生カップルは少数。店に入ると、彼はホットを注文した。わたしは紅茶。

オーダーしてから待つ間で、彼が切り出す。

「先日の進路希望の件。本気なの？」

「わたしの決心に異存がなければ、わたしたちはこうして会う必要もなかったわけね」

四月に入って、進路担当教師から自宅へ掛かってきた電話面接でのこと。わたしは、かねてからの希望だったオーベルジュの係員を申し出た。わたしが探し当てたのは、日本海を臨む温泉街にある宿。歴史のある洋館で宿泊客にとっても穴場となっている。館内のBGM選曲に定評があり、持ち寄ったレコードを掛けられるという話が決め手となった。

そのことを、何かの話のついでに、彼にも伝えていた。

彼は、同じ大学へわたしもついてくるものと思っていたようだ。

わたしは、たとえ進学したところで、その後の行き先などたかが知れている。卒業後数年OLをして、そののちは、配偶者に養われ、子どもを出産し育てるといったところだろう。そうじゃなく、自分の力で人生を切り開いてみたいと考えた末の結論である。

「ノエル、一緒の大学へ行こうよ」

「大学に進学したら、新しい彼女を見つけなさいな」

彼はか細い声で不平めいたことを言う。カレを含め男性とは、普段から威張っているくせ、ここぞと言うときに情けない姿を曝け出すものだ、というのが現在のわたしの論。

ところで、わたしにとって、そんな相手がどうして数哉じゃなくちゃいけなかったのだろう？

2

平行線の会話がひと区切りすると、店を出て、次は自習室へ行こうということになった。数哉が通っている予備校では、受講生のために教科書を広げたりできるスペースが用意されていた。カフェのあるショッピングモールから、通りを隔てた建物。

「自習用具一式まで持ってきたの？」

「小サイズの単語帳を持ち歩いている」

わたしは、テーブルを挟んで数哉の真向かいに座り、文庫本を読むことにした。

四〇平米ほどの部屋で、真っ白なテーブルと背もたれのある丸椅子が並んでいる。わたしたちの他には、書き取りをしている受講生が三人ほどいるだけだ。受験シーズンも終わり、予備校は閑散期。卒業生以外は、週明けの始業式に備えているのだろう。

静けさの中、単語帳をめくる数哉。わたしは、小説に集中するフリをして、こっそり彼の顔を覗いた。

数哉は、東京都内の大学への進学を希望している。わたしにもついてきてくれ、ということだったようだ。オーベルジュのことを話すと、数哉はがっかりしつつ、納得してくれたのか……。もっとも、わたしたちはようやく二学年へ進級するところ。この先、成績の推移がどうなるかなど、誰にも分かりはしない。もちろん、わたしの希望進路にしても、実現するかどうか、確かなことは何も言えない。

なぜ、数哉はわたしを同じ大学へ誘うのだろう。進路の希望が別々であっても、ふたりの現在の交際にはなんら問題ないはずなのだが……。

数哉は、単語帳をジャケットの裏ポケットに仕舞った。そして椅子から立ち上がり、わたしの座っている側に歩いてくる。わたしの右隣、空いている椅子に陣取る。

しばらく、何も言わず彼は正面を見つめていた。数哉の横顔を眺めてみる。あきらめて前へ向き直ると、彼はわたしの右手を握った。もう一度彼の顔を見ると、こちらへ微笑む。わたしは、こう囁《ささや》いてそれをいなす。

「できないよ。ここでは」

「お前には、俺がついていないといけないだろ」

部屋にいた自習生のうち、ひとりの男子が咳払い。わたしは、彼の逞しい掌《てのひら》を握り返した。そしてうつむき、目を閉じるほかなかった。

静かな自習室にて、ほんの僅かに聴こえるのは、衣擦《きぬず》れや、靴と床が軋《きし》む音。オーケストラのホールでの、演奏直前。着席して、固唾《かたず》をのんで見守る。指揮者がタクトを振り始める瞬間を。

3

そして春休みも終わり、この日は始業式。クラス替えがあったものの、知った顔ぶれも残ってる。二学年は、授業の内容もそれまでよりずっと濃くなるとのこと。覚悟をもって臨むよう、担任教師がオリエンテーション。

放課後、新しい級友の数名と一緒に、駅までのバスに乗るため、バス停へ向かった。

「矢坂さん、さりなちゃんと友だちなのでしょ。わたし、同じ中学だったのよ」

「かったるいなー。模試」

級友とは駅でバイ。

この日は、叔父の細川之也《ゆきなり》に会うため、ひとりで母の実家へ向かう。ちなみに、細川は、わたしの母である矢坂計井《ケイ》の弟。叔父さんと会うのは、冬休み以来。会話は、主に理系分野の勉強の話、進路のこと、そして、もちろんアナログレコードのコレクション。

わたしの自宅の最寄り駅近く、立ち並ぶマンション群の中に、叔父は住んでいる。チャイムを鳴らすと出迎えてくれ、コーヒーを淹れてくれた。この日、祖父母は出かけており、叔父はひとりで過ごしていた。

「就職希望の話、聞いたよ。思い切ったんじゃない?」

「二学年に進級したばかりだし、まだイメージなんだけどね」

叔父は美術大学を卒業後渡米し、マンハッタンで画商の補佐などをしていた。そして帰国後、作り上げた人脈でグラフィックデザインの仕事をしている。「落ち着きのない家系なのよ」とは、わたしの母のセリフ。

叔父が住んでいる家には、アンプとスピーカーのセットが備わっている。ターンテーブルに叔父が選び出したアナログ盤を掛けてもらう。ラグのピアノジャズ。再生しながら、アンプのボリュームを微妙に調整する。シンコペーションの軽妙なリズムが、徐々に姿を現す。

「いつの時代でも、夢を叶えるため努力する姿というのは、清々しいものだな」

「お母さんは、叔父さんがニューヨークで活躍する姿を見て、興行師と掛け合うようになったって聞いたわ」

叔父は、わたしの希望《ゆめ》を応援してくれる。わたしは少し安心した。自分の選んだ道について、誰かに背中を押してもらいたかったのかもしれない。それに、この家系にして、わたしあり、ということも再確認。

わたしの願った姿への道のり。先ず最初の味方を手に入れた。

スピーカー・システムは、控えめなピアノの臨場感を再現している。

4

定期テスト。それは、中学一年のときから延々繰り返し行われる試練。そして、一六歳であるわたしが得たキャリアから考察すると、ゴールデンウィークは、一学期の中間テストへの対策で潰れる。そんなわけで、五月初旬の連休中の自宅。教科書に記された微分方程式の解をノートに書き写す。

そんな折、さりなちゃんからメッセージが届いた。ブラジル音楽のアナログ盤を置いている店の情報。彼女のお兄さんが、アーケードの中古店で偶然見つけたとのこと。聞けばジャケットに魅せられ、セールだったこともあり、お兄さんが既にお買い上げ。

〔のん、兄貴が聴き終わるまで待てる？〕

彼女のコメントにはそう記されていた。

〔オフコース！〕

そう返事をする。やはり、持つべきものは音楽フリークの友だち。

さりなちゃんから嬉しいメッセージが入ったことで、数学の教科書は一時サスペンド。黒酢キューブにストローを突っ込み、レコードコレクションを品定め。四月中は、新学期でバタバタして、じっくりレコード店廻りができなかった。

　ギター・ポップスの盤を手に取る。ジャケットは、大陸西岸から大西洋を臨む灯台。じっくり眺めてみる。世界は、まだ見て廻らなければならない絶景で溢れている。それに、聴きたい音楽。知りたい物語。会話したい人々。わたしは、人生という限りある時間の中で、多くのものへ触れるため、疾走したい。いつか、この写真に収められている、大海原《おおうなばら》を見守る塔と実際に出会ったとき、わたしは、どんなわたしになっているだろう。


　ちょうど、叔父さんからメールが届いた。くだんの温泉宿について、叔父にも情報収集を手伝ってもらっていた。温泉郷の中で、わたしが希望として申し出ていた場所の他にもいくつか似たところがあり、そのうちのひとつが出したプレスリリースを見つけたとのこと。

「オーベルジュを系列に持つ本館で、高校生向けのインターンシップを募集しているよ。今年の夏が実施期間で、二年生向けだそうだ」

第四話

秋霖《しゅうりん》と調弦《ちょうげん》

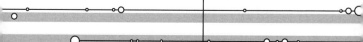

1

――一一月。

その年は、秋が深まった時節にもかかわらず、気温も例年ほど下がらず、夏服から長袖へ戻す衣替えは、高校に入ってからでは初めてとなった。
涼しくなった空気を洗い流すように降り続ける秋雨。下校時刻を過ぎた頃、学校近くのパン屋さんの軒先《のきさき》で、ひとり雨宿りをしていた。わたしは当時一年生のとき。

その日の朝、ニュース番組で見た天気予報は、午前中は晴れで午後の降水確率は三〇パーセント。普段使っていた傘は修理中。それまでは折りたたみ傘でやり過ごそう。自宅の最寄り駅のリペア屋さんから、帰宅時刻にちょうど修理が済む傘を受け取ることができればグッドだから。

――放課後、この日は、日直の当番で、担任に呼び止められる。明日の英語の授業で使うプリントをクラス分クリップ留めしてほしい、と頼まれた。

ようやくの下校時、折りたたみをカバンから取り出そうとし、今朝、玄関の靴箱の角に置き忘れて家を出たことを思い出す。日直なんてもののせいで、クラスメートと一緒に下校することもできず、傘を借りられるようなタイミングも失われていた。

昇降口でひとり、空模様を見上げる。まだ小降り。駅までダッシュすれば、なんとか間に合うかもしれない。

だが、雨足に追いかけられ、通学路ブロックのベーカリーに、放り込まれるように逃げ込んだ。

――ひとはパンのみに生きるにあらず。

雨の日に自動でアーケードになる通学路でもあれば、古典時代の詩作だって、さらに捗ったでしょうに。

店主のおじさんはにっこり微笑んで、お辞儀するわたしを承認してくれた。

雨足やりすごす軒先。天気をうかがいつつイヤホンで音楽を聴いていた。お客さんとおぼしき他校の男子生徒が店に入り、再び姿を見せる。わたしへ緑茶のミニボトルを差し出してきた。再生を止めて、相手をよく見る。それは、ブロックを隔《へだ》てた隣の高校へ進学した、中学の同級生だった。

「……稲本くん？」

「受け取れ。すぐ冷めるぞ」

礼を述べて、小さなお茶のペットボトルを受け取る。温かい。そっと両手で包み込むと、ひんやりしていた掌から体のほうへ細く弛緩してゆく。

彼は、何も言わず缶コーヒーに口をつける。わたしは、何か喋らないといけないような気がしてきた。とは言うものの、稲本くんとは、中学時代でもこれといって関わりがあったわけでもない。高校へ進学してからにしても、学校自体は別々なので、話し込んだりということもなかった。

しかし、通学の時間帯にまれに顔を合わせると、不思議な親近感が湧く。ロールプレイング・ゲームで、レアなキャラクターに遭遇したハイテンションとでも言おうか……。

2

「Kって奴、見かけるか？　校内で。そいつもサッカー部だった」

「いたいた。C組だから、教室離れているけどね」

この季節は、心を敏感にさせる。ひとへの恋しさなど。

お互いの学校へ進学した旧友の話題。わたしも、彼の学校へ通う友だちの話を聞いたりしてみた。彼は、男子生徒はもちろん、わたしと一緒の高校へ進んだ女子も知っていて、交友関係が広い。わたしは、彼と同じ高校に入った二、三名の女子生徒の名前を知っている程度だった。そんな彼女たちの様子を知りたかったのだけど、男子に事情を深く訊くわけにもゆくまい。当たり障りのない話だけ。でも、懐かしい友だちの名前が聴けて、とても嬉しい気分になった。

雨は、時々強くなったり、小降りになりそうだったり……。

「今でも会ったりするの？　中学時代の同級生と。男子はよくつるんでるって聞いてるよ」

「高校へ入学したばかりの頃は、近況とか交換したり、盛り上がってたな」

3

最初の頃は、高校で新しい人間関係を構築しつつ、昔の仲間とも交流していた。中学校で自分たちの後釜《あとがま》となったクラブの後輩の姿を垣間見たり、情報交換や励まし合いで、彼らは人生の節目に幸せな体験を共有する。それは、進学して世界が拓けたことで醸された、特別な時間だったと言えよう。

しかし、仲間のほとんどは、高校で運動部に入るわけでもなく、勉強に大きく時間を割く様子もない。そして時が過ぎ、間もなく倦怠期がやってくる。学校生活に疲れが出てきて、中学時代の人間関係を単に引きずっているというだけのダラダラした付き合い。現状に対してどうしようもないもどかしさが恐れから怒りに変わる。やがて綻《ほころ》んでゆく仲間の姿を目の当たりにする。

そんな話をぽつりぽつりとわたしに語る彼。

「中学時代にエースで活躍していた奴が、繁華街でハメ外して補導されたりして……俺たち、一体どこで道を間違えちゃったのかなって……」

「アナログ盤が……わたしにはあったからかな……それで……」

自分の口から、思いも寄らないセリフが出た。咄嗟《とっさ》に口元を塞《ふさ》ぎ、おそるおそる彼の表情を窺《うかが》う。追い詰められた心境を吐露する姿に、わたしまで感情移入してしまったことが要因。打ち込める趣味を見つけ、自分の生活の張りとなっているのは事実だが、それを〝他人〟に吐露するなど、魔が差したというものだ。

レコード好きを話していなかったはずのわたしのつぶやきに、さらに意外な返答が待っていた。

「レコード？　オレも持ってるぜ」

「ええっ⁉」

聞けば、彼も家族がレコードコレクションを持っており、時折、スピーカー・システムで鑑賞しているとのこと。ロックやジャズなどのうち、アナログ盤リリースをメインナンバーにしているそうだ。情報交換のネットワークにも詳しく、わたしは身を乗り出して聴き出した。

雨量はやや小降りになる。気温は下がりつつあるが、彼と会話していると、さほど気にならない。

「クラブ・ミュージックもテクノも、レア盤いろいろ持ってるぜ」

「聴かせてよ。わたしは古典音楽聴くことが多いけど、他のジャンルも知りたいな」

わたしたちは、雨が止むのを待つ間、レコードの話題で盛り上がる。音響環境が整っている彼の家のコレクションは、さすがと呼ぶべきもの。わたしも、自分の聴くジャンルについて語る。彼は持ち前の知識から、わたしの傾向について補足してくれた。

ベーカリーの軒先《のきさき》、雨宿りのあいまが、思いもかけず楽しい時間となる。

4

最初から彼は、畳まれた傘をずっと片手に下げていた。会話が途切れたところで、ミニボトルをカバンに仕舞う。

「すっかり温まった。ごちそうさま。小降りになってきたし、もう帰っちゃえば。夕方過ぎ迄の予報だから、わたしも大丈夫だし」

すると、彼はこちらへ向き直った。傘を開き、内側でわたしの方へ屈《かが》める。

そして、わたしの人生、それまで聞いたことがなかった科白《セリフ》。

「一緒に帰ってくれ。矢坂を置いては行けない」

「――!」


それまでの勢いを失った雨。一一月の夕刻前、天から弾《ひ》くスローテンポ。

今日の出来事は、ひょっとして神様のささやかな悪戯《いたずら》?

わたしは迷ったが、彼が差す傘の右側半分に半身で入り込む。そして、照れ隠し。

「稲本くんをよく観察したいかも」

「こちらへ寄れ、もっと。肩が濡れそうだ」


彼と傘に入り、並んでパン屋さんを後にした。

お互い、何も言わず、駅方面へ向かって歩む。わたしは内心ドキドキ。さっきの言葉の真意を図りかねて、頭の中はパニック寸前。

先ず、カノジョがいないフリー状態かどうかも確かめなきゃなんだけど……で、今この微妙な距離感で尋ねたのでは、ますます混乱を招くのかな……。

一方で彼のエスコートにより、わたしは次第に心の安らぎを感じていた。

「クリスマスに、イベントルームを借りてパーティーをする予定なんだ。矢坂にも来てほしい」

「急だね。他の人に悪いよ」

「タンテも用意するし、オレのシェルフから気に入りそうな盤掛けてやるぜ」

「本当？」

西のほうから、淡い茜色が広がる。少しずつ雨が上がってきているのが分かった。

駅前へ到着し、彼が傘を畳んでいる間、雲の切れた空へ伸びをしてみた。

わたしが礼を述べると、稲本くんはハンカチを取り出し、わたしの肩と頭をそっと拭《ぬぐ》う。

実際になにがしかの香りがしたというわけではない。土埃《つちぼこり》と汗の混じった、男性の匂《にお》い。

この季節は、心を敏感にさせる。ひとへの恋しさまでも。

彼の顔をまじまじと見遣《みや》るわたしに気付いたようだ。彼もこちらに視線を向ける。

こうして、私たちはいつの間にか恋人同士のようになっていた。

晩秋、雨上がりのある日のこと——。

第五話

ダッシュ!!

1

七月の期末テスト最終日。進路担当の教師から、話があるとして呼び出しを受けていた。過日に叔父さんから紹介された、温泉宿への体験実習の件。テスト期間前、担任に参加への希望を申し出ると、学校が現地へ問合せしてくれた。するとわたしの成績や内申書などを照会、基準はクリアとの返事。スケジュールは、七月の最終週に五日間の日程。

わたしは、テスト対策のかたわら、温泉宿での仕事について情報収集していた。

職員室に向かうと、担任と蒔末《まきみ》の姿があった。

「あれ？　蒔末ちゃんも、進路の話？」

「のん……実はね――」

「矢坂。言い忘れてたが、長岡も同じ実習へ参加する」

驚いて蒔未から話を聴く。わたしが実習について調べている様子を友人づてに聞いて、落ち着かなくなり、自身の進路について考えるようになったとのこと。そして教師へ相談し、彼女の希望もあって、わたしと一緒の実習へ向かうことになった。

「矢坂がいれば、長岡も心強いだろう。但し、校内の仲良し気分ではいられないぞ」

「蒔未ちゃんなら安心です。こう見えて、しっかり者なので」

実習内容は、係員や中居さんの仕事を見学すること。ベッドメイクなどの一部を実際に手伝うこともある。インターン制度を始めてから一〇年。実習でのトラブルはないとの話。五日間の結果は、期間終了後に学校へ通知される。

夏休みシーズンの前哨戦に当たり、親子連れなどのお客さんも多く繁盛期。てんてこ舞いとなることは覚悟しておいたほうが良いだろう。

教師から、実習への参加に関する書類を受け取り、あいさつして職員室を出る。

「蒔未ってば、言ってくれれば良かったのに」

「内容が分かって、ほっとした。のん、よろしくね」

もうひとりの親友、さりなちゃんは、テスト期間が終わってすぐ予備校通い。進級してクラスはバラバラになった後でも、わたしや蒔未ちゃんの動きを聞いて、彼女も進路へ本腰を入れるようになったようだ。

高校二年生の夏休み前。進学への準備や、就職を睨んだ活動。もちろん、まだ高校生活をエンジョイしたいという人も見られるが……ともあれ、クラスではめいめいが自身の将来へ向け、羽ばたく準備のフェーズに入る。

わたしも、実習の準備だけでなく、趣味に充てる自由な時間だって欲しい。

「のん、来週ね」

「気をつけて、蒔未。グッバイ」

蒔未は下り方面のプラットホームへ向かった。わたしは、反対側の階段を上り、入線した電車へ乗る。

蒔未が同じ実習へ応募したというのは、わたしにとってもちろん意外。彼女はヒットソングやオシャレの話題など、級友との会話に困ることはないタイプ。今回のテスト期間前、わたしは勉強と情報収集に忙しく、蒔未は彼女のクラスの級友とよく会話している姿を見かけた。

実習のことを、友人たちにもっと話しておけば良かったのかもしれない。すべてひとりでしようと抱え込んで。それが級友たちにプレッシャーになっていたのでは……。

2

「それは違うよ。のんちゃんにリード役というか、先行を任せたほうが、クラスにとって良い結果になると見込まれたのよ」

「わたしは、自分のことだけで手一杯。級友に気を配る余裕なんて……」

「蒔末ちゃんもさりなちゃんも、それぞれのクラスで力を発揮するはずよ」

夕食時。わたしが今日のことを話すと、そう言って母はフォローした。確かに、母の立場であれば、割と他人事として読み解けるのかもしれない。

そんな風に、級友や家族から、物事を新しい視点で捉えるという考え方が導入できた。実習の際にも役立つはず。

旅館〈柴内本殿〉――目指すは日本海側にある温泉郷。新幹線のシートに蒔末と並んで座り、これから始まる五日間について考える。

やりこなせる仕事量か、体力は持つか、人間関係は……。

蒔未は隣で車窓に張り付き、旅を無邪気に喜んでいる。

そうだ、仕事を楽しむことを考えよう。五日間は、長いようで短い。

新幹線から乗り換え、ローカル線で北上《ほくじょう》する。


「磯の香りだね」

「これが日本海なんだ」


温泉郷へ到着すると、わたしたちは立ち止まって空気を味わう。

旅館が並ぶ街並、目指す所はひときわ大きい建物だった。歴史を感じさせる旅籠《はたご》の趣。

時刻は正午過ぎ。フロントから中居さんが待機する部屋へ案内された。制服へ着替える。羽織と茶色の前掛け。頭巾。早速、早番の係員たちが昼食をとるので、その仕出しを手伝うよう頼まれた。厨房から皿を食堂へ運ぶ。

中居さんたちに声を掛けられる。

「よく来たね。肩の力抜いてよ」

「はい。お手伝いさせていただきます」

談笑に沸く食堂の入り口付近で待機する。

蒔未は、女将《おかみ》さんに声を掛けられ、洗濯室へ呼ばれて行った。ふたり別行動は承知の上。

チェックインにはまだ時間があるので、この時間は接客はなく、館内の準備作業がメイン。だが、時限までに隅々まで手入れしなければならない。忙しい時間帯である。早番のシフトだけでも、二〇人ほどの態勢。フルメンバーならもっと多い人数になるだろう。

賄《まかない》の片付けが済むと、次は浴場の清掃。湯が抜かれた風呂場を、デッキブラシで磨く。建物内の浴槽と、岩で造られた露天風呂。どちらも広く、趣がある。力一杯掃除していると、汗がしたたり落ち蒸れる。端から端まで広い浴場で、裏方の苦労を一気に味わった。

3

午後四時、わたしたちも休憩の時間となる。野菜天丼のお碗。サツマイモやシソの天ぷら、歯応え良い。

遅れて蒔未も食堂へ来た。席は離ればなれになり、わたしは小さく手を振った。彼女は笑って応じる。

この時間、賄をいただいているうちの半分ほどは、他の高校からやってきた実習生。皆、言葉少なに食べている。向かいの席に座る子が、声を掛けてきた。

「良かったね。涼しくなってくれて」

「うん。ここ数日は暑かったよね」

彼女は神奈川県内の学校から来たそうだ。夏休み中、各地のさまざまな実習をはしごするという。八月に入ったら北海道へ乗り込み、酪農や空港で行われる実習へも参加するとの話。女子高生のバイタリティを、舐めちゃイカン。

そのお隣さんは飛騨出身で、実家が旅館。もちろん、後継となるために実習へ参加したという。

「温泉に入れるの？　自分のお家《うち》で。羨ましいな」

「そんなヒマないから、家業は。いつだって過当競争なのよ、市場経済って」

そんなこんなで、食べ終わる頃には、実習生同士、なんとなく打ち解けていた。しかし、時間が来たら、またおのおの持ち場に戻らなければならない。

フロントではチェックインのお客様が増えてきた。宿は間もなく夕食と宴会場の準備が始まる。厨房はさながら戦場の様相をおびてきた。

4

夕食の時間帯。係員は宴会場でフル稼働。

実習生は客室でベッドメイクを頼まれた。手入れの行き届いた、檜《ひのき》の香りの部屋に、真新しい寝具。糊のきいたシーツの手触りが心地好い。

おっと、実習中は手を休めてはいけない。

仕事を済ませると、後は見学をしているように、とのこと。


大半のお客様が食事を済ませ、部屋へ引き揚げたり、浴場へ向かった模様。数組が残っている宴会場にて、見学モードで待機する。そこへ、女将さんがやってきて、わたしに声を掛けた。

「矢坂さん。音響室へ来てくれる？　あなたがレコード観賞が趣味だと言った子よね」

行ってみると、ロビーで掛けるＢＧＭの選曲について、相談に乗ってほしいとのこと。

大学生やＯＬをはじめ、遅い時間帯にチェックインする人たちが大勢待っている。その混み具合で少々雰囲気が悪いとのこと。音響室では新米係員が困り果てた様子で話してくる。

「ロックとジャズのそれぞれについて候補を絞ったけど、最終的にどちらが相応しいか決めてくれない？　わたしが分かるのは、普段掛けてるクラシックだけなんだよ」

「わたしが……ですか？……今ここで？」

第六話

古《いにしえ》よりの風

1

候補としてミキサーに並べられた盤。七〇年代のロック・ヴォーカル・パフォーマンス。もうひとつは六〇年代ジャズのライブ盤。それぞれ名盤で、BGMとしても申し分ないセレクトだろう。

ひとつに絞るとのことだが、悩んでいる時間はない。数哉とレコード盤の話題になった際の、アーティスト紹介を思い出していた。

選曲に関する専門的な知識を持っているわけではない。でも、依頼されたからには、わたしの力で応えたい。

わたしは係員さんに、自分なりの考えを説明する。

「ロックのほうは、最近のリバイバルブームで再評価されているミュージシャンです。ジャズについては、落ち着いたトーンで定評のある盤です」

「ふむ。なるほど」

「どちらもおすすめですが、今日見えているのは、若い方やファミリー層。ロック盤ならば、これからの旅気分が一層高まると思います」

「君のアイディアにのった。ありがとう」


頼まれ事を無事解決してほっとした。

宴会場へ戻り、実習生はこの場で散会して良いとの指示を聞いた。スタッフルームへ戻るため、ロビーを横切る際、ＢＧＭにわたしの選んだ盤が掛けられていた。ちょっと照れつつも、嬉しい瞬間。

室内に備えられたデスクで、日報を書く。

実習初日。ジェットコースターのようにさまざまな仕事をこなした。この日の経験は、貴重な糧となるはず。

そして、翌日以降はさらに仕事量が増えていった。社会人に徐々に近付いてゆく。慣れない仕事に音を上げそうになることもあったが、わたしは密かに決意を固めた。

ここで怯んでいてはいけない。負けるな、ノエル。

2

実習三日目。この日も日差しが強く、気温が高い。

部屋や宴会場などの館内は当然、お客さんを迎える場所だからエアコンがきいている。しかし、スタッフ専用のエリアはエコ空調。

夕食の宴会場の業務から上がった後、「温泉に入っていいわよ」と女将さんから伝えられた。実習生は輪番で大浴場に入浴した。

この日は水曜日で、わたしたちの番。わたしと蒔未。そして、柴内本殿の跡取りの子の三人で行く。クールな雰囲気の彼女も高校生だった。

「あなたが矢坂さん？　わたしは柴浦と言います」

「よろしくね。お世話になります」

露天風呂へ向かうと、蒔未が気持ち良さそうに浸かっていた。植え込みがうまく外からの視界はさえぎり、しかし、夜の砂浜の海岸が見える。時折、涼しい風が吹き込む。

わたしも、蒔未も何も言わない。浸かりながら、目を閉じる。体全体にしみるお湯。ゆるやかな環境。癒されると同時に、至福という感覚で満たされる。

この場所に来るために、やってきたことが思い浮かぶ。小さい頃に遊んだ友だちや之也叔父さん。高校受験。レコードコレクションとの出会い。数哉のこと。クラスのみんな。実習の準備。新幹線での旅路《たびじ》……。

隣の蒔未がつぶやいた。

「ここに、さりなちゃんやみんなを連れてきたいなぁ」

「卒業旅行で、温泉に行くのはどう?」

蒔未は何も答えなかった。彼女は、それまでうずくまる格好でお湯に浸かっていた。その体勢を崩して湯船の中で伸びをするように手足を広げた。蒔未なりに、実習中のさまざまなことで疲れが出ていたようだ。

わたしといえば、すっかりリフレッシュ。頭の中はなかば空っぽという気分。

柴浦さんが、わたしたちのいる露天風呂へやってきた。

「どう？　矢坂さん。うちの宿、気に入ってくれたかしら？」

「もちろん。面白い場所にある露天だね」

「実習期間が過ぎても、うちにいてくれていいよ」

「それって、スカウト？」

柴浦さんは、ここの温泉郷だけでなく、全国の温泉街について詳しかった。いわゆるバブル崩壊以降の新陳代謝も進んでいるという。ここの旅館は老舗だが、最初、わたしが興味をもったオーベルジュの別館は、彼女が幼い頃に建てられたとのこと。業界としては、来訪者の波をタイミングよく迎えることが必須。しかし、先手が必ずしも的中するとは限らないという難しい時代。とにかく、堅実に仕事をこなすことが第一。魔法のような打開策などない、と言う。

「あとは、わたしたちの世代がガムシャラに頑張るだけ」

「のぞむところだよ」

柴浦さんの英気に、わたしはそう答えた。

自身の将来を選ぶにあたり、旅館への実習を選んだことは、間違いではなかった。彼女の話を聴いて確信した。

実習最終日。

最後の仕事。チェックアウトされるお客様を、玄関口でお見送りする。バスへ乗り込む方々から、次々お礼の言葉を掛けていただいた。台湾からの団体で、日本語に通じている人もいた。

「また来ます」

「良い温泉でした」

「再見《ツァイチエン》」

一人ひとりにお辞儀をし、返礼する。なんだか、こちらが名残惜しくなってしまった。バスが出発しても、車窓から手を振り続けるお客様。旅館の駐車場からゆっくりと出て行く。車道へ出るとエア・サスペンションを鳴らして加速した。

見送ったところで振り返る。列を作っていた隣の莳未が、力を失ったように肩を落としていた。わたしは、彼女の頬を両側からつねってやった。

「のん……今日でわたしたちも帰るんだね」

「もっと温泉に入っていたかった？」

荷物を纏め、旅館のスタッフへあいさつ。

実習生という立場では、約束通り今日までで仕事は終わり。

フロントで中居さんが軽く頷く。これで、すべて終わった。

玄関口の階段をゆっくり下りて、建物から離れ、全体が見える位置で振り返る。

ほんの短い時間だけど、わたしの力を振り絞った五日間。今まで、全力で駆け抜けてきたことに気づかなかったのかもしれない。

名残惜しさで見たまま立ちすくんだ。

静かになると、砂浜へ寄せては返す波の音。鳴き続けるアブラゼミ。海からの涼しい風。まるで、初めてこの地を訪れ、ここへ立ったような新しい匂いとざわめき。


「のん……電車来るかも」

「……うん」


蒔未から呼び掛けられ、後ろ髪を引かれる思いを断ち切る。ボストン・バッグを肩へ引き上げ、歩き出した。

駅までの一〇分ほどの道のり。一緒の蒔未は何も言わなかった。彼女も五日間でずっと人間的に成長したのは間違いないだろう。

蒔未が唐突に声を上げた。

「忘れてた！　お土産《みやげ》は？」

3

季節は過ぎ、わたしたちは高校三年生になっていた。

クリスマスシーズンの土曜日。わたしと蒔未、さりなちゃんの三人でレストランへ。

わたしも蒔未も、進路はほぼ確定した。大学入試を控えたさりなちゃんは、予備校が早く終わったところで合流。

この日は一二月にしてはかなり冷え込み、店内のやわらかい暖かさに気分が盛り上がる。

高校入学直後、出会った頃のことを振り返る。その当時、毎日お昼に黒酢キューブを飲んでいたわたしへ、興味深そうに声を掛けてきたのが蒔未だった。わたしと蒔未は、英語の単語テストで苦戦していた。そこへさりなちゃんが、大学入試で頻出する語句を教えてくれた。慣用句の面白さは、彼女から教わった。一年生の頃なので、わたしは進学や進路が明確ではなかった。彼女はその頃から、入試対策を考えていたのだ。

「さりなちゃんが大人びて見えたわ」

「そんなこと……蒔未だって、立派に実習を乗り越えたって聞いてるよ」

*

どうして、わたしたちは知り合ったのだろう。

友人になって高校生活を共にし、苦楽を分け合う。彼女たちとだったから、充実した時間になったと思える。縁の不思議さ。

そして、わたしたちはこれからの人生が始まる。どんな広大な世界が待っているのか。彼女たちもまた、それぞれに人生《みち》を進んで行く。

寂しくなったり、不安になったりするだろう。そんなとき、わたしなら、レコードコレクションからいつでもピックアップして、その世界に入り込める。

それは、桜風吹の中、校門をくぐった頃の思い出を、未来という海原の先に照らし続ける。

ＬＰジャケットで見た、大陸の端でそびえたつ灯台のように――。

最終話

鐘よ鳴り響け

1

拝啓　矢坂ノエル様

東京は今日も五月晴れです。

大学生活はまだまだ忙しい時期。夕刻に学科が終わり、その後サークルで集まって夜中まで活動しています。

前の手紙にも書いた通り、自動車部というサークルに加入しました。大学の敷地内にあるサーキットを自由に運転できるんだ。活動場所は整備工場も兼ねていて、クルマの構造を徹底的に調べられる。運転も整備の研究も、仲間とのミーティングにも夢中さ。

大学の近くに借りたマンションへ戻るのは、いつも午前様。その後、勉強。

持ってきたアナログ盤は、たまの休日に聴く。ノエルが紹介してくれる、グアムで見つけた盤を、休みの日にレコード店へ探しに行くことも。

こちらでも、まだまだレア盤の掘り出し物はあるぜ。クラスの仲間に詳しい奴もいて、その手の情報交換もする。

でも、オフもオンも大切。

夏休みに免許合宿に行く予定なんだけど、ノエルが紹介してくれた温泉地で、いくつかの候補を見つけた。

今から予定がいっぱいだ。


理工学部へ進学した自分の選択は正解だと思ったよ。なぜかって、何事にも全力のエネルギーで打ち込むことを要求されるからさ。学科の皆、バリバリ勉強しながら、遊ぶときはガッツリ遊ぶんだ。

楽しかった高校時代が、オレの中で既に過去になりつつある。今の競争相手と並んでいると、社会に出てキャリアを作ることがどんなに難しいかを思い知らされる。今までは、ほとんど安全な柵で囲まれた中での出来事だったんじゃないかって。

ここまで書いて、既にノエルはオレよりもっと厳しい世界を選んだことを思い出す。だから、つらいときはそのことを考えて自分を鼓舞する。

ノエルが就職で日本を離れると聞いたときのことを、今でも時々思い出す。その日は、夜も眠れなかった。ちょうど受験勉強が追い込み時期で、正直、動揺もあった。

高校時代は、いつも一緒に過ごしていたように思う。学校の帰り、駅のプラットホーム、ファストフード店……。一瞬一瞬のシーンが、今でも最高に楽しい瞬間として浮かんでくる。

だから、今このときでも同じように傍にいてくれたら……って、寂しくなる。

でも、ノエルがグアムで頑張っているんだ。オレも、大学生活を乗り切らなきゃ。そう思って勉強へ打ち込む。いつの頃からか、手紙でやりとりすることで一緒の時間が続いているように感じるんだ。たとえ遠く距離が離れていても。

サークルの親睦会で、ゴールデンウィークに台湾へ旅行した。そのとき、博物館を巡った。どれも二千年を越える昔の品々なんだけど、音を奏でるための鐘が目を引いた。昔のひとたちも、時代の「音」を聴いて、盛り上がったり心を癒したりしてたんだなって。その旋律には、きっと、その時代に生きるひとたちの笑う声やささやきが、どこかにそっと隠れているはずさ。そう、これって、アナログ盤の音楽に似ていると思わないか?

オレとノエルも離れてそれぞれの毎日を生きている。今、この瞬間も、誰かと過ごしたり、笑い合ったりしているはずだ。そんな時間の声や静かな物音や音楽が、遠く離れて共鳴しているように感じるんだ。

だから、オレたちふたりは、決して離ればなれなんかじゃない。

古代の鐘の音色も、六〇年代にプレスされたウエストコースト・ジャズのレコード盤だって、タイム・マシンのようにオレたちの時代に再現できる。たった二〇〇〇キロ隔てられているオレたちが、心まで離れてしまうなんてあるわけないさ。

今度、東京で逢えるのはいつ？　大学のこと、サークルの仲間、新しい音源。話したいことが沢山あるんだ。南の島に就職した友人がいると話したら、みんな感心していたぜ。グアムのことや、空や海の様子、現地のひとたちのこととか、オレもノエルに聞きたいことがいっぱいある。

そうそう、くだんのブートレッグを聴いた感想も、まだ聞いていなかったな。

皐月　不忍池のほとりにて――

稲本数哉

数哉から来たエア・メールをそっと折りたたんで、クローゼットにしまった。今日は休日で仕事もオフ。同僚の子とのふたり部屋、窓辺へ立つと、そよ風がカーテンをなびかせる。

2

わたしはグアムでホテルのスタッフとして働いている。

高校三年の就活の際、旅行代理店で国内の宿を調べていた。そのとき、たまたま海外のコーナーを覗いたら、グアムでスタッフを募集しているという記事を見つけ、飛びついた。

温泉郷での実習の話をしたところ、面接官が身を乗り出してきた。そして採用が決まってからは、英会話の猛特訓。先ずはさりなちゃんが持っていたテキストを片っ端から書き写した。

日本を離れる際、空港まで両親が見送りに来てくれた。父は英語の格言を教えてくれた。

Give it your best.（ベストを尽くせ）

母は静かに微笑み、出発ゲートをくぐるわたしを見送っていた。

仕事内容は、チェックイン、レストランの係員など。ゲストは日本人が多数。オーナーと多少の英語で意思疎通ができ、ドル通貨の扱いに慣れれば、なんとか乗り越えられそうだ。

同室のカリーナはフィリピンから来た。日本語を少し話し、母国のポップ・ソングをＣＤコレクションで持ってきている。

空も雲も高く、海は透き通るような碧《あお》。
夕刻にひとりビーチを歩く。西の海へ沈もうとする太陽が、波間から宙《そら》までを夕焼けにし時間を止める。雲の影の姿に吸い込まれる。

＊

さりなちゃんは、地元の国立大学へ進学した。彼女はきっと、持ち前の明るさと向上心で、大学生活をエンジョイするだろう。それに、わたしや蒔未が社会人として新しい人生を切り開いた分、さりなちゃんなりに必要な答えという未来を追い求め、探し出すはずだ。

数哉は東京A大学へ進学。くだんの手紙を読んで分かるように、相変わらず、あちこちへ手を伸ばしている様子。わたしも闘争心を掻き立てられ、充実した毎日を過ごしている。ひょっとして、これってアイツのお陰？

蒔未は〈柴内本殿〉へ就職した。蒔未にとっても実習の五日間は、エキサイティングな体験だったのだろう。都会から離れた場所で、それでいて大所帯で、お客さんも多い所。彼女は賑やかで楽しい場所として気に入ったのだろう。それに、しっかり者の柴浦さんなら、蒔未のおっとり感を長所として上手く引き出してくれそう。

叔父さんは、イギリスへ。仕事仲間がロンドンのSOHO《ソーホー》地区でアトリエを開いた。そこで一緒に活動しないかと誘われたとのこと。友人や現地の若い芸術家と、絵画や現代美術の制作に励む毎日とか。叔父さんにとっては、狭い日本で堅苦しく生活するより、海外のスケールで野心的な作品を創るほうが向いているだろう。

＊

間もなく夕日が沈む。グアムの夕刻は静かで、波の音へと主人公が移り変わる。やがて、満天の星空に彩られた漆黒が覆う。

星明かりの空を突く支柱へ星条旗がしなだれる。

人々はダイニングへ集う。今日一日にあった出来事を語り合うのだ。

そうだ、叔父さんへ手紙を書こう。数哉のこと。蒔未やさりなちゃんや友だちのこと。今まで聴いたアナログ盤。高校であった出来事やグアムのことなど。書きたいことが山ほど浮かんできた。青春時代のわたしをつぶさに書き留めるような。

それは、長い、長い、物語になった――。

あとがき

ご愛読、まことに感謝いたします。

跋文、この本のモチーフになっているアナログレコードについての話など。

幼少の頃、筆者の家にはテクニクス製のプレーヤーシステムがありました。ハリー・ベラフォンテやイ・ムジチ合奏団『四季』などを夢中で聴いていたものです。この本の登場人物の年頃の方々には、知らない、もしくはイマイチ、ピンとこないかもしれません。詳しい話は、他の方の解説へ譲るとして、一九七〇年前後の名盤が、筆者の音楽の原体験のひとつであると言えます。

一方、同じ時期に遊んでいた8ビットマイコンによるPSGと呼ばれる初歩的な電子音でも、立派にヴィヴァルディの『四季』の音が楽しめました。アナログでは荘厳なオーケストラ、コンピュータからは愉快なチップチューン。そんな音楽たちに囲まれて、人生と言うのは、これからどんな素晴らしい出来事が待ち受けているのだろう。そんな風にも思いました。

さて、のちに時代が進むと電子音楽はグングンとリアルなサウンドに肉薄してゆきます。現在では音楽を記録する場合、もっぱらデジタルを用いることはご承知の通り。これにより、ネットの配信で高品質な音源を聴けるようになったり、個人が試みた演奏を大勢に紹介できたり。アナログとデジタルが融合してそれぞれの世界が相互的に広がる、かつて予測できなかったような世の中になったと言えるでしょう。

音楽のシンギュラリティを背景に、モチーフはレコードのアンティーク。うっかり書いたそんな恋愛小説を読者の皆様にご提供できました。幼少の頃、音楽が呼び覚ましてくれたあの予感は的中した……そんな気にさせてくれます。

この本を作る際にご協力くださったすべての方々へ、感謝申し上げます。

鈴木　貴雄

著者プロフィール

鈴木 貴雄（すずき たかお）

千葉県在住
千葉工業大学中退
出版社勤務を経て、2018年に『黄金郷の河』(風詠社) にて単行本デビュー。著書は立て続けにクリーンヒットとなる。
代表作は『ツダヌマサクリファイ』(2018年／コールサック社)、『ロックフェラー広場の玉殿』(2019年／文芸社)。

故宮ジェネレーション

2022年12月15日 初版第1刷発行

著 者 鈴木 貴雄
発行者 瓜谷 綱延
発行所 株式会社文芸社
〒160-0022 東京都新宿区新宿1-10-1
電話 03-5369-3060（代表）
03-5369-2299（販売）

印刷所 株式会社暁印刷

ISBN978-4-286-23326-0